Coordinador de la colección: Daniel Goldin
Diseño: Arroyo + Cerda
Dirección artística: Rebeca Cerda
Diseño de portada: Joaquín Sierra

A la orilla del viento...

Primera edición en inglés: 1989
Primera edición en español: 1994
Segunda edición: 1995
Primera reimpresión: 1996

Título original:
Sid Seal, Houseman

Publicado por Orchard Books, Nueva York, E.U.
ISBN 0-531-05784-4

Av. Picacho Ajusco 227; México, 14200, D.F.

ISBN 968-16-4749-1 (segunda edición)
ISBN 968-16-4037-3 (primera edición)

Impreso en México

Will Watkins

ilustraciones de
Marisol Fernández
traducción de
Francisco Segovia

sid foca, mayordomo

FONDO DE CULTURA ECONÓMICA
MÉXICO

Para
Alexandra

Una bañera anticuada

❖ El señor Livingston de Cuino, su esposa, su cocinero, su chofer, sus sirvientas, su único hijo, Waltham, y su nana vivían en una hermosa casa de Monte Tocino. Era una casa que la gente enseñaba a los visitantes del pueblo por su sólida apariencia y su reluciente llamador de bronce en forma de bacalao.

Cierto domingo, los Cuino pasaban la mañana como siempre: Livingston tomando un bocadillo antes del almuerzo, Drusila, su esposa, discutiendo con él una lista de invitados y Waltham leyendo en silencio.

O al menos eso parecía que estaba haciendo. La verdad es que estaba sentado en el brazo de una silla, junto a la ventana, mirando a dos lechoncitos de su edad jugar a la pelota. No los conocía, pero le hubiera gustado conocerlos.

Justo cuando estaba preguntándose si el sol brillaría aún después del almuerzo, si los niños estarían todavía ahí y si su madre lo dejaría o no salir, del baño de sus papás llegó un ruidoso chapaleo y un "¡Arriba, mis campechanitos!"

Se levantó a investigar y un instante después salió volando del baño y se lanzó escaleras abajo.

Cruzó a toda prisa por el parquet recién encerado e irrumpió de golpe y sin aliento en el comedor. Sus papás estaban sentados ante la larga mesa bien pulida:

—Eh, eh, Waltham —comenzó a decir su madre. Su padre levantó los ojos de su plato y se le quedó mirando.

—¡Hay... hay una foca en su bañera! —espetó por fin Waltham, desplomándose sobre un sillón.

—¡Waltham, en serio! —rezongó con fastidio su madre—. No hay focas en Monte Tocino, y menos en nuestra bañera. Otra vez te estás dejando llevar por tu imaginación.

Se volvió, retomó su lista de invitados y, encogiendo los hombros con enojo, comenzó a leer.

—Papá —dijo Waltham volviéndose hacia su padre—, ¿no quieres venir a ver? ¡Está salpicando agua por todas partes!

—Dale por su lado, Livingston, por favor —dijo la madre de Waltham sin despegar la vista de su lista—, o tendremos que aguantar lágrimas y sollozos.

Livingston gruñó, empujó hacia atrás su silla y siguió a Waltham escaleras arriba.

—¡Es verdad, Drusila! —gritó Livingston momentos después desde la puerta del comedor—. La foca tuvo el descaro de pedirme que no metiera las narices cuando abrí la puerta del baño.

Drusila soltó un sonoro suspiro y se levantó con decisión.

—Está bien, caballeros —dijo—, mostradme ahora vuestra foca.

Los siguió escaleras arriba meneando la cabeza.

Livingston se le adelantó a toda prisa y abrió dramáticamente la puerta del baño.

Ahí, sentada en medio de una anticuada bañera de patas en forma de garra, se encontraba una foca de tamaño mediano, de color gris oscuro y luciendo un hermoso bigote.

—¡Dejen de meter sus rosados hocicos donde no los llaman! —gritó con voz ronca. Una esponja empapada pasó rozando una oreja de Livingston y rebotó contra un retrato de la tía abuela Lavinia Porquera.

—¿Qué pasa con ustedes cerdos? —preguntó la foca abriendo sus aletas en ademán inquisitivo y, mirando a Drusila y Livingston, añadió—: ¿Nunca les han dicho que hay que llamar a la puerta?

Metió una aleta en el fondo de la bañera y quitó el tapón.

—Por favor, señora, páseme una toalla —dijo mirando a Drusila. Ella la miró enfurecida, cruzó los brazos y giró la cabeza hacia otra parte.

Tímidamente, Waltham sacó del anaquel una larga toalla, afelpada y rosa, y, acercándose de puntitas a la bañera, se la extendió a la foca.

—Gracias, compañero —dijo la foca mirando a Waltham y moviendo los bigotes.

Salió de la tina y comenzó a secarse sobre el tapetito ovalado mientras cantaba con gran sentimiento:

𝄞 ♫ ♪ *Jalad, muchachos, jalad.*
El viento está a favor
y el ancla hay que levar. ♫ ♪

Livingston y Drusila se miraron uno a otra alzando las cejas. Estaba bien claro que la foca le estaba dando muy mal ejemplo al pequeño Waltham.

—¿De veras tienes un ancla ahí? —gritó Waltham olvidando su timidez y corriendo a asomarse a la bañera.

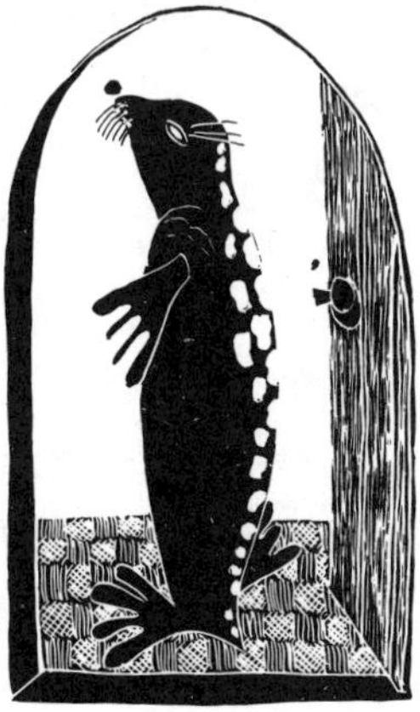

—¡Eso es! —dijo Drusila empujando a Waltham a un lado—. ¡Levad anclas y fuera de aquí!

—¿Qué? —exclamó la foca dirigiéndose a la puerta—. ¿No hay donas de almeja para el desayuno? ¿No hay albóndigas de bacalao?

—Por la escalera hasta la calle —respondió Drusila sin hacerle caso.

—Esto no es lo que se llama hospitalidad porcina —murmuró la foca mientras bajaba a tumbos la escalera.

Drusila bajó de prisa los escalones, se adelantó a la foca y le abrió de par en par la pesada puerta principal. Del otro lado de la calle se veían los prados de un parquecito.

—Bueno —dijo la foca mirando a Livingston—, ¿no van a llamar un taxi?

—¡Déjate de tonterías! ¡Fuera! —exclamó Drusila señalando los escalones de la entrada.

La foca alzó los hombros, ladró unas cuantas veces (Waltham pensó que se estaba riendo) y cruzó la puerta meneando las caderas.

—Adiós, señor Foca —dijo Waltham en voz baja. Se despidió agitando la mano y con una ligera sonrisa. La foca se volvió y miró fijamente a Waltham.

—Mira bien por dónde vas, muchacho —dijo—. Vas por buen camino, —y moviendo airosamente una aleta se volvió hacia la calle y brincó de un solo salto los escalones de la entrada. Apenas hubo salido Drusila azotó la puerta.

—Ni una palabra de esto a los sirvientes —dijo categóricamente a su marido.

—Claro que no, claro que no —dijo él tranquilizándola mientras regresaban al comedor.

Waltham permaneció en silencio junto a la puerta principal, mirando a través de su ventanuco. Vio cómo la foca llegaba a la calle, paraba un taxi y trepaba en él. Se le quedó mirando hasta que el taxi dio vuelta en la esquina y desapareció, dejando vacía y en silencio la calle Rosadita. Incluso los dos lechoncitos se habían ido. ❖

Se contrata foca

❖ EL VIERNES siguiente de aquel domingo —que Waltham para sus adentros llamaba foquingo—, los Cuino iban a ofrecer una importante cena en honor de los Forbes-Hampshires. Drusila planeó cada detalle con mucho cuidado, pero unas horas antes de la fiesta el caos hizo su aparición.

Waltham y Livingston regresaban del museo cuando se encontraron a Drusila gritando en el teléfono:

—Pero la necesito hoy, no dentro de una semana —dijo, y colgó con un fuerte golpe—. Moza de Salas se peleó con el señor Cazo; se marchó hace una hora sin liar el petate ni armar alharaca. ¡Y nuestros importantes invitados llegarán en una hora!

—Bueno, bueno, seguro que podremos arreglárnoslas sin Moza —dijo Livingston en tono tranquilizador.

—¡Arreglárnoslas! —bramó Drusila—. Yo no tengo por qué arreglármelas sola en mi propia casa. Seguro que si me pongo a llamar con decisión acabaré por encontrar una moza. Esta cena va a ser el acontecimiento del año.

Se dio la vuelta y subió malhumoradamente las escaleras. Su esposo la siguió alentándola tímidamente.

—Pues sí, pues sí —decía una y otra vez.

Waltham subió las escaleras detrás de su padre, muy despacio. Siempre que sus padres discutían por algo se sentía triste y los ojos se le llenaban de lágrimas. Cuando se dirigía a su escondite favorito en el área de juegos, escuchó a su madre exclamar:

—¿Cómo diablos entró de nuevo aquí, foca redomada? —su voz rebotó en las paredes del baño.

—Eso lo sé yo, pero usted deberá averiguarlo —respondió la foca y, echando las mejores sales de baño de Drusila a su alrededor, se puso a cantar vehementemente:

A remar, a remar, compañeros,
A remar.
A remar, a remar, Española,
A remar.

Cada vez que decía "a remar", la foca echaba más sales al agua.

—¡Mis sales! —gritó Drusila—. ¡Qué descaro!

Se acercó airada y amenazante a la bañera.

—Vamos, señora —dijo la foca—. No se ponga así.

—Oh, no, por Dios, la foca no —dijo Livingston. Entró apresuradamente al baño y se derrumbó sobre el cesto de la ropa.

Waltham avanzó hasta la bañera y dijo tímidamente:

—Hola señor Foca.

La foca ladeó la cabeza y le guiñó un ojo a Waltham.

—Santo cielo —dijo Livingston—, esto es el colmo; no sólo perdemos a la moza de servicio sino que además la misma foca se vuelve a meter en nuestro baño. Me temo que todo el mundo va a hablar mal de nosotros por razones equivocadas.

—¿Necesita que alguien atienda la mesa? —preguntó la foca, asomando la nariz por el borde de la bañera—. Yo fui mesero durante un tiempo en un lujoso centro nocturno de Singapur.

—Voy a llamar por teléfono para que venga una moza a servir la mesa esta noche —dijo Drusila sin hacer caso de la oferta—. Y espero que salga usted de la bañera lo más pronto posible —agregó, mirando con dureza a la foca—. Ya conoce la salida.

Mientras Drusila lanzaba gritos por el teléfono, Livingston permaneció sentado sobre el cesto de la ropa. Con mucho tacto de apurar a la foca, que se bañaba.

Waltham, venciendo su acostumbrada timidez, intentaba averiguar cómo había hecho la foca para entrar en la casa.

—Entonces... ¿entró por la puerta de atrás? —preguntó.

—El secreto, muchacho —respondió la foca inclinándose hacia él y cobijando sus palabras bajo una aleta—, consiste en tener una buena brújula y viento en popa.

—Ah —dijo Waltham, confundido pero sin admitir, por cortesía, que no entendía nada.

—Nadie, absolutamente nadie está disponible con tan poca antelación —dijo Drusila.

—Señora, no se ahogue en un vaso de agua —dijo la foca. Waltham, que hacía sólo cinco minutos había estado a punto de soltar las lágrimas, comenzó a sacudirse de risa.

—¿Por qué no suspendemos la cena, Drusila? —preguntó Livingston suspirando—. Estoy seguro de que va a ser una pesadilla.

Drusila fulminó con la mirada a su marido y a su risueño hijo con enojo y se dirigió decididamente a la bañera.

—¿Dijo usted que había sido mesero? —preguntó, mirando con incertidumbre a la foca.

La foca se enderezó de pronto en la bañera, apoyando una aleta sobre el borde, y sus bigotes brillaron.

—Señora —dijo—, debería usted verme con una servilleta sobre la aleta y un plato en la nariz.

—¡En la nariz! —exclamó Drusila con un respingo, sin saber si aquello resultaría conveniente.

Pero a Waltham le encantó la idea: no querría perderse la emoción de ver los mejores platos de mamá balancearse en la nariz de una foca. Tenía que decir algo:

—Piénsalo, mamá. La gente hablaría de tu cena durante años y años.

—Ya basta—dijo Drusila mirando fijamente a Waltham.

Waltham tragó saliva y se puso a mirar el piso.

La foca miró a Waltham, luego a Drusila, y dijo suavemente:

—Señora, confíe en un viejo lobo de mar.

Drusila sabía que la situación era desesperada. Aspiró profundamente y decidió suspender sus dudas sobre las capacidades de la foca como mesero.

—Preséntese en la cocina a las seis —dijo bruscamente, ajustándose las largas hileras de perlas alrededor del cuello.

—A la orden, mi Señora—dijo la foca mientras se alzaba para salir de la bañera.

Livingston condujo a la foca al vestidor y le puso una corbata de moño.

La foca, que se había presentado como Sid, se miró al espejo, se atuzó los bigotes con ambas aletas y preguntó, dirigiéndose a Waltham, que se había quedado en el umbral de la puerta:

—¿Qué te parece, chico?

—Pues... creo que parece un mesero —respondió Waltham.

—Gracias, camarada —bufó Sid mientras volvía a echar un ojo al espejo.

Esa noche, en la cena de honor a los Forbes-Hampshires, los invitados interrumpieron su amable parloteo cuando Sid apareció con un salto por la puerta de la cocina, balanceando sobre su nariz una bandeja llena de cocteles de camarón.

Livingston sonrió nerviosamente; Drusila se estiró incómodamente en su silla.

Waltham, que nunca era invitado a las cenas de los mayores, había convencido a su nana de que lo dejara adelantar su baño, así que en ese momento, mientras ella suponía que el chico estaba mirando algún programa educativo en la televisión antes de acostarse, Waltham se había escabullido de su cuarto y se había escondido en lo alto de la escalera, desde cuya barandilla podía ver todo el comedor.

Sid dio pruebas de ser un excelente mesero. Podía colocar la bandeja junto a cada uno de los comensales y, para gran placer de Waltham, ponerles un plato delante con un simple narizazo.

El señor Forbes-Hampshire se mostró muy complacido.

—No todo el mundo tiene una foca que quiera servir la mesa. ¿De dónde la sacaste, Livingston? ¿Has estado merodeando por el acuario?

Echó la cabeza hacia atrás y dejó escapar una sonora carcajada. Ante un invitado tan importante, Livingston no quería decir "la encontramos en la bañera", así que sonrió misteriosamente y no le respondió.

Desde lo alto de la escalera Waltham pudo ver que, a medida que avanzaba la cena, Sid comenzaba a pasarse de la raya. En cierto momento entró al comedor con la bandeja del asado y la puso a girar muchas veces sobre su nariz mientras ladraba y aplaudía con sus aletas.

—¡Sidney! —gritó Drusila, exasperada—. ¡Haz el favor de no marear el asado!

—¡Epa! —respondió Sid—. Perdone usted, señora.

Waltham, al mirar el asado girar, en la escalera se desternillaba de la risa. Desgraciadamente, su risa llamó la atención de su nana, que se precipitó sobre él.

—Este no es sitio para un fino lechoncito —dijo.

Se lo llevó a la cama, pero no sin que tuviera antes la oportunidad de ver cómo servía Sid el *soufflé* de postre. Se había controlado del todo y hasta parecía un poco mandón.

—¡Ni una palabra! —gritó mientras entraba deslizándose por la puerta haciendo equilibrios con el plato del *soufflé*—. ¡Quietos, quietos, compañeros —añadió—, o se bajará el *soufflé* y quedará plano como un lenguado!

Aunque Drusila estaba un poquitín incómoda con las maneras de Sid, también estaba íntimamente encantada. Sólo los buenos modales le impidieron ponerse igual de mandona con sus invitados.

No hace falta decir que la cena fue un éxito sonado. Todos los invitados hablaban del sorprendente mesero y, a juzgar por las llamadas que los invitados se hicieron entre sí y por los comentarios que se hacían en el barrio, Sid causó sensación. ❖

Una habitación con baño

❖ UNOS DÍAS después, Drusila y Livingston se tomaban una taza de té y charlaban sobre los recientes sucesos. Waltham estaba sentado con ellos, bebiéndose una taza de cocoa. La noticia de la cena había llegado hasta los periódicos y un fotógrafo de prensa se había presentado con la esperanza de fotografiar a Sid en acción.

Sin embargo, Sid se había marchado después de la cena sin decir palabra. Ni siquiera había vuelto a recoger su paga.

—Justo cuando había pensado en contratarlo como mayordomo —dijo Drusila con desdicha. La habían impresionado mucho su habilidad y eficiencia.

—Era un poco descarado —comentó Livingston—, pero estoy seguro de que habrías podido educarlo —añadió aún, sonriéndole a su esposa.

—A mí me guiñó un ojo —dijo Waltham— y me dijo que iba por buen camino.

Livingston miró a Waltham y se rió entre dientes. Luego todos se quedaron en silencio. Drusila dejó su taza sobre la mesa y suspiró.

De pronto, una ronca voz que bajaba por la escalera interrumpió el silencio.

> 𝄞 ♫ ♪ *Jalad, chicos, jalad,*
> *tenemos el viento a favor*
> *y el ancla hay que levar.*

—¡Sidney! —gritaron el señor y la señora de Cuino al mismo tiempo. Los tres se levantaron y subieron en tropel haciéndose preguntas uno al otro.

Y, claro, ahí estaba Sid, salpicando en su bañera. Se restregaba la espalda con un cepillo de mango largo.

—¡Hola, chicos! —dijo mirándolos desde el borde de la bañera—. Cuánto tiempo sin verlos.

Drusila vaciló ante tal muestra de familiaridad, pero pronto cobró ánimo para recomponerse. Estaba decidida a contratar a Sidney de inmediato.

—¿Puede usted decirnos —gritaba Livingston yendo y viniendo por el baño— cómo ha hecho para entrar aquí?

Levantó la tapa del cesto de la ropa y se asomó dentro, como si esperara encontrar otra foca escondida ahí.

—¿Está buscando mis bártulos? —preguntó Sid y a continuación dejó salir una alegre serie de ladridos.

—Tonterías —replicó Livingston molesto—. Simplemente me gustaría saber de qué modo entró usted aquí.

—Eso no tiene importancia —dijo Drusila acercándose a la bañera—. Lo importante es que está usted aquí y nosotros podemos así ofrecerle un trabajo fijo como mesero y mayordomo.

—¿Eso incluye una habitación con baño? —preguntó Sid.

—Claro —dijo Livingston—, podemos ofrecerle un cuarto del quinto piso. Tiene una bañera enorme y anticuada.

—Ya estamos, campeón —dijo Sid—. Como solía decir mi tío Mert: "Una bañera espaciosa es el mejor camino al corazón de una foca".

—A mí también me gustan las bañeras grandes —dijo Waltham—. Y, ¿quieres que te diga una cosa? Puedo bucear en ella, salir y echar agua, igual que una ballena.

—Ey, chico —dijo Sid—, cuento contigo para que me enseñes.

Sid le hizo cosquillas a Waltham debajo de la barbilla y le guiñó un ojo a Livingston.

Esa misma tarde Sid se mudó a la casa. Drusila subió a explicarle cuáles eran sus obligaciones y Waltham la siguió.

Comparadas con las que tenían los Cuino —incluso uno tan pequeño como Waltham—, las posesiones que Sid tenía en el mundo no eran muchas. Dentro de su maleta, que yacía abierta en el piso, había muchas grandes esponjas de baño, un guante de esponja, una pelota de playa, tres barcos de juguete y una toalla de baño con las iniciales S. F. bordadas en una esquina. También había un baúl grande y anticuado en la esquina de la habitación, firmemente cerrado con un gran candado de latón.

—Además de servir la mesa —comenzó a decir Drusila—, nos gustaría que tuviera otras funciones en la casa.

—Señora —interrumpió entusiasmado Sid— me encanta tener funciones.

—Me complace escuchar que le agradan las funciones domésticas —dijo Drusila cortante— y estoy segura de que las llevará a cabo con dignidad.

Drusila se enderezó y clavó en Sid una mirada severa.

—Claro, señora —repuso él—. Estoy seguro de que gozará con mi dignidad: ¡será sensacional!

—Perdone —interrumpió Waltham, que no podía contenerse más—, ¿qué hay en ese enorme baúl?

—Ahí, querido —respondió Sid meneando los bigotes y entornando los ojos— están contenidos los secretos del cajón personal de Davy Jones.

Dicho esto, Sid soltó su ronca carcajada mientras daba palmaditas al baúl. ❖

Nana Chancha encuentra la horma de sus zapatos

❖ SID SE instaló divinamente en la casa de los Cuino. A casi todos los sirvientes parecía gustarles su mandona alegría. Podía hacer reír al señor Cazo con el entusiasmo giratorio que ponía en servir la mesa y Moza de Salas solía entornar los ojos ante alguna de sus frases.

Livingston disfrutaba con él de todo corazón. A Drusila le hubiese gustado que hubiera un poco más de respeto, pero tenía en muy buen concepto las aptitudes de Sid como sirviente.

Sin embargo, las cosas eran muy distintas con Nana Chancha. Desde el primer día, cuando Sid entró dando tumbos a las habitaciones de Waltham para visitarlo y echar un vistazo a los "cuarteles", comenzó la guerra.

El primer cuarto donde Sid metió las narices éstaba acondicionado como salón de clases. En el escritorio estaba sentado un cochino alto y larguirucho, con un par de gafas sobre la nariz.

—¿O sea que el chico tiene un maestro aquí, dentro de la casa? —exclamó Sid mirando sorprendido a su alrededor.

—Waltham es muy propenso a contraer resfriados y dolores de oído. No es muy resistente —dijo el maestro—. Sus padres creen que debe recibir sus lecciones en casa, apartado de los cochinos rudos y traviesos.

—Tal vez el niño necesita algunas emociones —comentó Sid—. El viento y los gorros marineros, el cielo nocturno en el mar y su proa elevándose entre el oleaje.

—Y movió con entusiasmo una aleta. El maestro dibujó una débil sonrisa.

—Sencillamente, el pequeño Waltham es demasiado delicado —dijo.

—¡Ja! —gritó Sid—. ¡A los ojos de un cerdo!

Giró en redondo y se dirigió al cuarto de Waltham contoneando las caderas como un pato.

—No se aceptan bestias apestosas en mis dominios —rugió Nana Chancha cuando descubrió a Sid. Saltó como resorte de su mecedora y se lanzó contra él amenazadoramente, blandiendo una bolsa de agua caliente que había sacado de la cama de Waltham.

Sid se sobresaltó momentáneamente. Dio marcha atrás por la puerta al grito de: "¡Zas! ¡Una monstrua, una monstrua!"

Al ver que la llamaban monstrua, la Nana Chancha montó en rabia.

—¡Largo, largo, aliento de pescado! —chilló.

—Dios mío, Dios mío —dijo Drusila al oír el escándalo—. Debí haber preparado a Nana Chancha para la llegada de Sidney.

Y entonces se lanzó a toda prisa a las habitaciones de Waltham para calmarla.

—¿Quién, señora —comenzó Nana Chancha— es esa criatura flaca y bigotona?

Drusila cerró la puerta a sus espaldas y sus voces se amortiguaron inmediatamente.

—Hay una cosa que esta foca sabe —dijo Sid para sus adentros en el recibidor—: tengo que enseñarle a Nana Monstrua quién manda aquí.

Muchos días después, durante los cuales ambos se ignoraron cada vez que se encontraban en la casa, Sid decidió tomar las riendas. Al despuntar el alba se deslizó en silencio al cuarto de Waltham y lo despertó haciéndole cosquillas suavemente en los dedos de los pies con una aleta.

—Eh, campeón —le dijo—, ¿te gustaría jugar con mis barcos de juguete?

—¡Sí, sí, por favor! —respondió Waltham, completamente despierto. Saltó de la cama y salió del cuarto detrás de Sid.

El momento de la verdad llegó una hora más tarde, cuando Nana Chancha llegó a despertar a Waltham.

Sacudió suavemente la figura bajo la cobija. Con la velocidad de un rayo, Sid se sentó en la cama, puso sus aletas alrededor de Nana Chancha y le dio un besote húmedo y bigotón.

—¡Mami! —gritó—. ¡Mami querida!

Nana Chancha retrocedió trastabillando con un escalofrío.

—¡Largo de aquí, largo, asqueroso animal! —vociferó corriendo a toda prisa al recibidor, donde empezó a gritar—: ¡Qué insolencia! ¡Qué insolencia!

A los señores Cuino les tomó su tiempo convencer a Nana Chancha de que no se fuera. Una vez hecho eso, y después de descubrir a Waltham jugando con los barcos de juguete en la bañera de Sid, los tres se sentaron con la foca y le suplicaron que pusiera fin a la guerra.

—Sí, bueno, bueno —dijo Sid—. Yo haré como que no la conozco, si ella hace lo mismo y me deja visitar a Wally.

El trato quedó pactado: ambos se ignorarían uno al otro dentro de la casa: Nana Chancha levantaba la nariz al aire y bajaba las pestañas cada vez que veía a Sid. Y Sid, al verla, alzaba al aire su fantástica nariz y olfateando al paso de ella, la movía altaneramente a uno y otro lado.

Todos los sirvientes murmuraban que Sid era el claro ganador en el concurso de las narices al aire. ❖

Waltham tomó una o dos lecciones de natación

❖ UNA CÁLIDA tarde de octubre en que Nana Chancha estaba en la cama con un resfriado terrible, Sid fue el encargado de llevar a Waltham a su clase de natación en la *Guay*. Sid lo llevó gustosamente y luego se sentó en una banca a mirar cómo Waltham aprendía el estilo de dorso.

Waltham estaba muy alborotado por la compañía de Sid.

—¡Mira, Sid! ¡Mira, Sid! —gritaba todo el tiempo.

Su maestro, un cochino esbelto y muy seguro de sí mismo dentro del agua, no era de los que aguantan tonterías. Estaba enfadado por los constantes gritos de Waltham.

Mientras miraba, Sid se fue poniendo más y más inquieto. Al final comenzó a murmurar para sus adentros: "¿Dónde está lo divertido del asunto? ¿Qué tal si mejor lo hacemos bajo el agua? ¡Eso es nadar de veras!" Y así, antes de darse cuenta de lo que hacía, Sid se había metido al agua.

—¡Sígueme, Wally! —gritó. Se zambulló, se deslizó por debajo del agua y, de pronto, en medio de un súbito burbujeo, apareció con un salto en la orilla opuesta de la alberca.

—¡Sí! —gritó Waltham—. Eso está muy divertido —y se echó con entusiasmo al agua.

El maestro de Waltham le puso mala cara a Sid.

—¿Dónde está tu traje, compañero? —preguntó—. En esta alberca no se remojan cueros.

—¿Traje? —preguntó Sid con genuina sorpresa.

—Sí, traje de baño. Aquí no se puede nadar sin traje de baño.

—¿No estará usted, por casualidad, celoso de mi tersa figura? —preguntó Sid dándose palmadas en el cuerpo con las aletas. Unas cerditas con gorros de nadar floreados se rieron con disimulo, pero sonoramente.

—¡Largo de aquí! —gritó el maestro de Waltham (que también era salvavidas). Parecía que quería bulla.

Sid se dirigió saltando al vestidor de las damas. "¿Quién va a darse cuenta?", dijo para sus adentros. Ahí encontró un enorme cesto lleno de trajes de baño. Eran de alquiler. Halló uno bien grande, floreado y rosa, y se metió en él contoneando las caderas. No le quedaba muy bien que digamos: muy flojo en algunas partes, muy apretado en otras. Pero de todas formas era un traje de baño, así que Sid volvió a la alberca dando saltos y se echó al agua.

—Ahora sí, Wally —gritó deslizándose hacia Waltham—. Súbete a mi espalda.

Wally se trepó con un gritito y Sid se lanzó hacia el otro extremo de la piscina levantando grandes olas que golpeteaban contra los bordes.

—¡Ey, un momento! —gritó el maestro de Waltham.

—Toma aire, mucho, Wally, y agárrate fuerte. Ahora vas a ver lo que es nadar de verdad. —Sid se sumergió dando vueltas en el agua y en un segundo apareció con un rugido en la otra punta.

—¡Yupiiiii! —gritó Waltham después de tomar aire.

—Y ahora como los delfines —gritó Sid. Los dos volvieron a sumergirse. Sid apareció a mitad de la piscina, se hundió de nuevo y con un ágil movimiento alcanzó uno de los extremos de la alberca y saltó a la orilla como un resorte.

Waltham lo soltó y se puso junto a él.

—Eso sí que es divertido —dijo casi sin aliento—. Nana Chancha nunca hace nada así. Ella sólo se sienta y teje.

—Ya está bien, deje de armar tanto relajo —dijo el salvavidas, que había nadado hasta donde estaban Sid y Waltham—. Nos está enturbiando el agua.

—¿De veras? —respondió Sid—. A mí me parece que mi forma de nadar es menos enturbiadora que su forcejeo por arriba del agua.

—De todos modos, nadar por debajo del agua no es nadar de veras —dijo el salvavidas preparándose para discutir.

—¡No es nadar de veras! —estalló Sid. Se lanzó de pronto al agua, fue a dar derecho al fondo y, pegando un tremendo salto, apareció a mitad de la piscina, hizo una pirueta en el aire y cayó sobre el agua con un sonoro golpe.

Olas gigantescas iban y venían por la alberca. Las tres cochinitas lanzaron agudos grititos y se apartaron corriendo.

Sid se lanzó al otro extremo de la alberca y saltó a la orilla.

—¡Se acabó, chingüente! —dijo el salvavidas agarrando la red de palo largo que se usaba para limpiar la alberca—. ¡Ahora mismo sale usted de ahí!

Sid le lanzó una trompetilla y se arrojó de nuevo al agua con un *¡paf!* Se apresuró al otro extremo mientras el salvavidas corría junto a él blandiendo la red. Pero para cuando el salvavidas llegó a su extremo, Sid estaba ya alcanzando el opuesto.

Sid ladraba y aplaudía con las aletas.

—¡Ándale, cochinilla! —se burló Sid.

El guardia corrió de regreso y Sid se lanzó al otro lado. Finalmente, el salvavidas dio un paso en falso, resbaló y cayó en la alberca. Su red de palo largo salió girando y fue a dar a donde estaban las tres damitas gritonas, que cayeron al agua con un gran salpicón.

—Vámonos, Wally —dijo Sid ya fuera del agua—. Ya es hora de irse.

Un momento después estaban ya lejos de la alberca, en el elevador que los llevaba zumbonamente al primer piso.

En la calle, el traje de baño rosa de Sid provocó algunos comentarios de los transeúntes.

—¡Mamita linda! —gritó el chofer de un camión—. ¿Por dónde se llega a la playa?

—¿Quién quiere un hijo cerdo? —contestó Sid apurando a Waltham, que llevaba puesto aún el traje de baño.

Al entrar a la casa encontraron un gran borlote. Antes que ellos había llegado una llamada telefónica de la *Guay*. Sid logró capotear admirablemente la tormenta. Livingston salió decididamente en su defensa y Waltham armó una escena impresionante cuando pensó que Sid podría ser despedido.

—¡Waltham! —exclamó Drusila—. Nunca te había visto portarte así. Siempre habías sido nuestro lechoncito bien portado.

Con todo, Drusila se apresuró a prometer que Sid no sería despedido si, a cambio de ello, Waltham se esforzaba en corregir su comportamiento.

Por su parte, Sid prometió vigilar con más atención sus impulsos. Y se portó de lo más bien durante muchas semanas. ❖

Abue y el acuario

❖ UN DOMINGO gris y lluvioso, justo después del Día de Acción de Gracias, Sid le pidió permiso a Drusila para que Waltham lo acompañara a visitar a su abuela. Como Waltham estaba parado junto a ella asintiendo con la cabeza lleno de entusiasmo, Drusila no tenía modo de rechazar la oferta cortésmente.

Un rato después bajaban los escalones de la entrada de la casa. Waltham llevaba puestos un impermeable, un gorro de lona encerada y botas de hule. Sid le había pedido prestado un gorro igual al chofer porque no le gustaba que el agua de la lluvia le entrara en los ojos.

—¿Dónde vive tu abuela? —preguntó Waltham mientras caminaba junto a Sid, tomándolo de la aleta.

—Bueno, pues se jubiló hace tiempo —dijo Sid—. Fue maestra de ballet acuático en el club de natación de Boston, pero se puso muy mal de artritis.

—Pero, ¿dónde vive? —insistió Waltham levantando la cabeza para mirar a Sid entre la lluvia.

—Se mudó al acuario el año pasado —respondió Sid—. Fue una decisión muy difícil para ella. Siempre ha sido muy independiente.

Cuando llegaron al acuario, a la orilla del muelle, la lluvia había amainado. En el estanque donde las focas acostumbraban nadar no había ni un alma.

—Bueno, pues, ¿donde está? —preguntó Waltham.

—Supongo que adentro —respondió Sid—. Tendré que zambullirme. Espérame aquí, Wally.

Se quitó el gorro encerado y metió una aleta al agua.

—*¡Guau!* —gritó, sacando del agua la aleta—. Detesto el agua fría. A mí que me den por favor un estanque con calefacción, o una cómoda bañera.

Con un gran gemido se sumergió y desapareció en el agua oscura. Unos segundos después salió a flote y saltó a la orilla del estanque, junto a Waltham.

—*Brrrrrr* —dijo temblando con todo el cuerpo—. Ahora llega.

Sid iba y venía dando tumbos por la orilla para calentarse.

Con un leve chapoteo salió a la superficie una foca más bien pequeña. Tenía el hocico gris.

—Preciosura, qué sorpresa —dijo suavemente. Su voz era delgada pero clara y tenía una manera peculiar de hablar—. He oído hablar mucho de ti, Waltham. Es muy amable de tu parte venir a visitarme.

—Hola —dijo Waltham tomando la aleta que la abuela le extendía—, señora… señora…

—Oh —dijo ella—, Silvia era el nombre que usaba cuando enseñaba ballet acuático, pero tú puedes llamarme Abue.

—Ha estado enseñándoles algo de su arte a las focas que viven aquí —dijo Sid, que todavía tiritaba un poco.

—¿Qué es ballet acuático? —preguntó Waltham mirando a Abue. Se había imaginado que era algo que tenía que ver con echar chorros de agua al ritmo de alguna música, pero no estaba muy seguro.

—El ballet acuático —dijo Abue Silvia soñadora— es poesía en movimiento; es danza de agua y cuerpo.

—Ya veo —dijo Waltham cortésmente, pero intrigado todavía. La verdad es que no veía nada.

—Flotas y das vuelta, giras y das un gracioso latigazo.

La voz de Abue se columpió en el aire mientras ella se zambullía en el agua. Hizo una lenta y elegante pirueta y apareció en la superficie extendiendo las aletas.

—Es bailar en la atmósfera del agua, un ritmo de vueltas y deslizamientos… —su voz volvió a quedar suspensa en el aire, soñadoramente.

—¡Abue! —gritó Sid, sacando a su abuela de la ensoñación.

—Perdona, querido —dijo ella suavemente—. Es que a veces me dejo llevar.

—¿Tú crees que las focas que viven aquí, a las que les has estado enseñando, querrían hacernos una pequeña demostración? —dijo Sid—. No creo que Wally haya entendido lo que decías.

—Ah, sí, qué gran idea —dijo Abue Silvia sacando la cabeza del agua. Le brillaban los ojos—. Un momento —y desapareció bajo el agua con un suave burbujeo.

Unos cuantos minutos después, otras focas comenzaron a brotar del agua: en total ocho, contando a Abue.

Saludaron a Sid y luego se acercaron para mirar a Waltham. Comenzaron a exclamar "Ohooooh" y "Ahaaaah".

—¡Qué lindo lechoncito! —dijo una de ellas.

—Y qué grande —añadió otra mientras Waltham se presentaba educadamente.

—Mi madre dice que no soy un lechón —dijo Waltham—; soy un cerdo pequeño.

Todas las focas rieron, en una especie de coro ladrador.

—Qué dulce —comentó una.

—¿Listas para la demostración? —pregunto Abue—. Joe dijo que pondría música en un par de minutos... Y ahora, focas —anunció Abue Silvia aplaudiendo con las aletas—, recuerden que hay que concentrarse; déjense llevar por el sonido.

Las focas pronto formaron un círculo, con las aletas extendidas hacia adelante. El lento ritmo de la *Danza de Anitra*, que Sid anunció como una pieza del compositor Grieg, comenzó a salir de los altavoces que había sobre el estanque.

El conjunto comenzó a moverse en círculo, lenta y pausadamente al ritmo de la música. De pronto todas rompieron el círculo giratorio y se zambulleron al unísono.

Cuando salieron comenzaron a deslizarse primero a un lado y luego al otro. Las figuras que así formaban cambiaban como las de un caleidoscopio; se dividían, se separaban, se hundían y regresaban, siempre en perfecta armonía.

Finalmente, con el último giro musical, las ocho focas saltaron por encima de la superficie del agua y cayeron salpicando elegantemente justo en el instante en que sonaban los últimos tilines de los triángulos.

—¿Era así como te lo imaginabas, Waltham? —preguntó Abue nadando hacia él.

—Fue mucho más bonito de lo que creí —respondió Waltham—. ¿Cómo recuerdan lo que hay que hacer con cada compás?

—Eso, querido —repuso la abuela de Sid— es cuestión de diciplina y dedicación al arte. —Abue Silvia se llevó al pecho una aleta, en ademán soñador.

—Y además requiere de mucha grasa en las aletas, sobre todo en las aguas del ártico —intervino Sid.

La abuela de Sid se rió de buena gana:

—Sid siempre ha odiado el agua fría, pero tiene un espléndido sentido del humor.

Abue Silvia regresó al agua y salió más cerca de Waltham.

—Vuelve a visitarme, Waltham. Me gusta mucho ver gente joven... A veces aquí está muy solitario, y los visitantes no siempre son amables.

Wally se agachó y besó a la abuela de Sid. No pudo aguantarse la risa que le produjo el cosquilleo de sus bigotes. Sid se acercó corriendo y le dio un beso muy sonoro a su abuela. Ella volvió a reírse de buena gana.

—Recuerda —dijo alejándose lentamente—: el ballet acuático es poesía en movimiento; tan delicada que encanta al corazón.

Lentamente desapareció bajo el agua chisporroteante y oscura.

Se dirigieron a casa caminando en silencio por las calles desiertas; Waltham caminaba muy pegado a Sid, fuertemente agarrado de su aleta. ❖

Sid y Waltham corren una dulce aventura

❖ JUSTO después del Año Nuevo, el clima de Boston se puso mucho más frío; soplaban desde el mar rachas de un viento helado.

Una mañana especialmente gris, Waltham se quedó muy sorprendido al ver el barómetro en el estudio de su padre.

—¡Baja y baja y baja! —gritó.

—¡Santo cielo! —dijo su padre—. Me pregunto qué quiere decir eso.

Encendió la tele y unos segundos después escucharon al hombre del clima; anunciaba con urgencia que un huracán de nieve se dirigía derecho a Boston.

—¡Un huracán de nieve! —dijo Waltham—. Nunca había oído hablar de eso.

Drusila despachó inmediatamente al señor Cazo con la misión de comprar comida y velas, mientras Livingston, Sid y el chofer, Chester, recorrían en fila la casa tapiando las ventanas, no fueran a romperse hacia adentro cuando golpeara el viento. Acumularon agua en las bañeras y subieron muchísima leña del sótano, por si acaso surgía alguna emergencia.

—Siempre es mejor prevenir los contratiempos —dijo Livingston dirigiéndose a Sid, que apilaba troncos en la cocina.

—Siempre y cuando la anticipación no sea un contratiempo ella misma —acotó Sid secamente.

Al preceptor de Waltham, que venía de Salem en tren todos los días, le recomendaron no presentarse a trabajar, de modo que para el mediodía Waltham se hallaba muy inquieto y sin saber qué hacer.

Hacia media tarde, cuando empezaba a nevar ligeramente, Sid se dirigió a Drusila para ofrecerse a llevar a Waltham a dar un paseo... por el vecindario.

Nana Chancha, que se había puesto nerviosa con los gimoteos de Waltham, aceptó de inmediato.

—Pero no muy lejos —recalcó dirigiendo sus recomendaciones a Drusila.

Quince minutos después, Waltham, arropado hasta el copete, saltaba a la calle adelantándose a Sid que había aceptado ponerse una bufanda en consideración a la tormenta que se avecinaba.

—Vayamos a la Explanada, a los juegos —sugirió Waltham—. Si te parece, Sid.

—¡Sale y vale! —repuso Sid, que también estaba muy contento de salir de casa.

Descendieron la colina bajo los copos de nieve, que caían a su alrededor con gran ligereza, cruzaron el puente de la calzada Storrow y salieron a la Explanada, que se extendía a lo largo del río Charles.

Waltham jugó alegremente durante un rato en los columpios, en los pasamanos y en la resbaladilla (Sid también se echó por la resbaladilla). Y entonces, de repente, el suave viento cambió de dirección y comenzó a soplar fuerte desde el mar. Los copos que antes caían ligeramente se transformaron en una blanca pared de nieve.

—Wally —dijo Sid refugiándose del viento—, creo que lo mejor será que nos vayamos a casa.

Waltham, que disfrutaba enormemente el revuelo de la nieve y el viento, se mostró reacio.

—¿Por qué no nos detenemos en la calle Charles y nos tomamos un chocolate caliente? —sugirió entonces Sid—. Para entonces ya habremos recorrido más de medio camino a casa.

Waltham aceptó complacido la sugerencia, de modo que se alejaron de los juegos y caminaron por la Explanada inclinándose para contrarrestar el viento y defenderse de la punzante nieve.

Sid rodeó a Waltham con su aleta al cruzar el puente. El viento soplaba mucho más fuerte ahí. Una racha los lanzó contra la barandilla y Waltham lanzó un gritito agudo.

—¡Caramba! —gritó alarmado Sid y ambos se apresuraron a bajar del puente. Se sintieron muy agradecidos de haber logrado alcanzar algún refugio entre los edificios de la calle Charles.

Entraron aliviados a la chocolatería de la señorita Iglesias. Había unas cuantas mesas, todas vacías. En uno de los extremos brillaba un pequeño fuego. A lo largo del muro posterior había un largo mostrador repleto de chocolates, mermeladas y flores de azúcar.

Se sentaron junto al fuego. Estaba calientito ahí.

—Aquí tienes, Sid —dijo la alta cochina que era dueña del local—. Y tú, Waltham, seguro quieres algo caliente, ¿no?

—Sí, un chocolate caliente, por favor —respondió Waltham antes de girar su silla hacia el fuego.

—Que sean dos —dijo Sid estirando su cola hacia el fuego. (En realidad hubiese preferido un sancochado de almejas, pero en la chocolatería sólo vendían dulces.)

Afuera comenzó a rugir el viento y la nieve golpeaba contra las ventanas. Waltham y Sid permanecieron en silencio, cálidamente sentados junto al fuego. La señorita Iglesias les puso delante el chocolate y miró por la ventana.

—Parece que se pone feo —comentó—. No hay ni un alma en la calle. Creo que cerraré temprano y me iré a casa.

—Mejor cierre ya —dijo Sid—. Dicen que la tormenta va a cubrir Boston por completo.

En ese momento el teléfono comenzó a sonar y la señorita Iglesias se dirigió a la parte trasera del local para contestarlo.

—*Mmmmm*, está muy bueno —dijo Waltham sorbiendo su chocolate.

—¡Santo señor! —gritó la señorita Iglesias entrando a toda prisa en la habitación—. El perro de la señora Boylston se quedó afuera, en la tormenta, y ella se está volviendo loca, pobrecita.

Se puso a toda prisa las botas y el abrigo y se lanzó a la calle.

—Vuelvo en un momento —dijo—. Cuando vuelva cerraré la tienda.

—Nosotros nos terminaremos nuestros chocolates y le cuidaremos los dulces hasta que vuelva —dijo Sid despidiéndose de ella con una aleta.

Un poco después de que la señorita Iglesias saliera a la calle, el viento comenzó a rugir y azotar puertas y ventanas. Sid puso su silla un poco más cerca del fuego. Waltham también se acercó.

—Mejor termínate ya ese chocolate —dijo Sid—. No estamos muy lejos de casa, pero el viento está empezando a sonar como si estuviéramos dentro de una trompeta.

—*Okay* —dijo Waltham—. En cuanto vuelva la señorita Iglesias nos lanzamos a casa. El chocolate caliente no dejará que el viento me cale hasta los huesos.

Se quedaron sentados esperando a la señorita Iglesias, pues no podían dejar la chocolatería sola y sin cerrar. De cuando en cuando el viento golpeaba afuera y el edificio se sacudía. Esperaron y esperaron. El fuego comenzó a extinguirse. Sid comenzó a impacientarse.

—De veras ya tendríamos que estar de vuelta en casa.

—Mientras esperamos —sugirió Waltham—, tal vez sería bueno que llamaras por teléfono a Mamá y a Nana Chancha.

—Buena idea, marinero —dijo Sid levantándose y alejándose del fuego.

—El teléfono está muerto —anunció unos segundos después—. Creo que nos deberíamos ir a casa inmediatamente, venga o no la señorita Iglesias.

—Tal vez se perdió en la nieve —dijo Waltham.

—Esperemos que haya encontrado un refugio seguro —respondió Sid y, apuntando al gorro y la bufanda de Waltham añadió con voz quebrada—: Es hora de salir del cascarón.

¡Ojo avizor! —terminó ordenando mientras entreabría la puerta principal, probando.

En un segundo la habitación recibió una andanada de copos a la que siguió un alud de nieve.

—¡Todos a cubierta! —gritó Sid empujando la puerta con todas sus fuerzas. Waltham vaciló un segundo y luego se lanzó en su ayuda. Con gran esfuerzo lograron finalmente cerrar la puerta.

—Ven, Wally. Ayúdame a limpiar este desastre —dijo Sid armándose de un recogedor.

Con el recogedor y un basurero de metal se las ingeniaron para recoger la nieve antes de que se derritiera y empapara todo el piso. Sid la echó después en el fregadero de un cuarto posterior y abrió la llave del agua caliente para que se fuera derritiendo por el tubo.

Cuando se asomó por la ventana de la tienda, Sid vio cómo los coches comenzaban a desaparecer bajo enormes pilas de nieve, y la misma calle Charles era un verdadero erial.

—Me temo que tendremos que quedarnos aquí por el momento —dijo Sid. Y de pronto el alumbrado público, que acababa de encenderse, se apagó.

—¡Carámbanos! —dijo Waltham—, ¿qué vamos a hacer ahora? Se fue la luz.

Estaba al mismo tiempo emocionado y asustado de quedarse ahí varado en medio de la oscuridad que reinaba en la tienda.

—Tenemos un montón de leña —observó Sid—. Qué suerte. Hagamos un fuego muy luminoso para animarnos. Estoy seguro de que alguien vendrá por nosotros en cuanto deje de nevar tan fuerte.

Sid y Waltham se atarearon y encendieron un gran fuego y luego Waltham se sentó frente a él, sobre un tapete.

—Échate dos cremitas de chocolate y una siestecita —dijo Sid—. Ya verás cómo vienen a salvarnos antes de que digas "esta boca es mía".

Waltham durmió a ratitos durante varias horas mientras el viento rugía alrededor de la tienda. Se medio despertaba cada vez que Sid se levantaba a echar más leña al fuego y luego volvía a acomodarse apretadamente contra su tibio costado y volvía a dormirse.

Waltham se despertó de un salto cuando la luz comenzó a entrar en la habitación. La nieve se apilaba contra la ventana de la tienda y la luz entraba sólo por la ventila.

—Me muero de hambre —dijo Waltham mirando a Sid.

—Veamos, chico —respondió Sid—. Tal vez pueda hacer un buen chocolate sobre el fuego.

Un rato después, un pocillo burbujeaba deliciosamente sobre una rejilla improvisada.

—¿Tú crees que la señorita Iglesias se enoje si nos comemos unos cuantos dulces más? —preguntó Waltham mirando el mostrador del fondo con desconsuelo. Sid se rió:

—No bajo estas circunstancias —dijo—. No veo cómo podría negarse.

Waltham se lanzó a la carga inmediatamente y comenzó a llenar un plato para los dos.

—Rajitas de canela —comenzó a decir—, bastones de dulce, cremitas de limón, almendras cubiertas de chocolate, mentas, caramelos y unas deliciosas gomitas en forma de frijol.

Waltham se sentó y comenzó a desayunar, feliz. No hablaba mucho, pero se relamía sonoramente. De vez en cuando se detenía, sonreía para sí mismo o para Sid, y se tragaba otro pedazo de dulce.

Sid también comía, aunque en realidad se le antojaban más unos buenos palitos de cangrejo.

En un santiamén Waltham había ido ya por el segundo plato. Sid podía escuchar lo que decía desde el otro lado del mostrador:

—Cremitas de chocolate, bolitas de nuez, mermeladas de fruta...

Waltham regresó a la mesa de un salto, con el plato otra vez repleto de dulces:

—En casa nunca he tenido un desayuno igual —dijo relamiéndose el chocolate que le había caído sobre la barbilla—. Deberíamos quedarnos aquí por un tiempo —añadió mirando el mostrador lleno de dulces.

"*¡Pum! ¡Pum! ¡Pum!*" retumbó por toda la tienda el eco de los golpes que alguien daba en la puerta.

Sid corrió hasta ella y, aconsejando a Wally que se quedara atrás, la abrió de golpe. Espiando a un lado y otro de Sid, Waltham pudo ver a su padre, que tenía puestas unas botas para nieve. A sus espaldas se hallaba Chester, el chofer. Venían en un anticuado trineo lleno de mantas. Con ellos entró a la habitación una cascada de nieve.

—Bueno, los dos parecen estar bien —dijo Livingston—. La señorita Iglesias intentó comunicarse con ustedes, se quedó atrapada en casa de sus amigos, pero el teléfono de la tienda estaba muerto. Pudo llegar hasta nuestra casa justo antes de que la luz y el teléfono de Monte Tocino dejaran de funcionar y nos dijo dónde estaban ustedes. Tu mamá estaba loca de preocupación. Y Nana Chancha temía que no hubieses cenado nada.

—Comí chocolates —dijo presuntuosamente Waltham—. Y dormí con la ropa puesta.

—Supongo que no está mal, dadas las circunstancias —dijo Livingston, y añadió—: Tendremos que asegurarnos de dejar algo de dinero aquí.

En corto tiempo fueron llevados a casa, donde les sirvieron un desayuno en forma. (A Sid le dieron arenque.)

A Waltham lo desempacaron de su atavío y Nana Chancha se lo llevó para darle un buen baño caliente.

—Es la mejor aventura que he tenido en toda mi vida —le dijo Waltham.

—*Puf* —dijo Nana Chancha—. Foca tonta.

—Se supone que no debemos decir estúpido —dijo Waltham bostezando. Nana Chancha lo metió en la cama, donde Wally soñó con otros desayunos: en vez de cereal, cremitas de chocolate; en lugar de pan tostado (cosa que en general le gustaba

mucho), un montón de bolitas de nuez (grandes, bolotas de nuez).

Sid se dio un largo y delicioso baño en su propia tina. Después también él se fue a la cama, donde soñó con islas tropicales sin nieve, llenas de burbujeantes bañeras de agua caliente... Una de ellas a la sombra de una palma. ❖

Historia de la gatita blanca

❖ EN FEBRERO, Livingston y Drusila viajaron al Sur en busca de un poco de sol. Dejaron al señor Cazo al cuidado de la casa y a Nana Chancha al cuidado de Waltham.

Un domingo, día libre del señor Cazo, Nana Chancha tuvo que salir repentinamente de casa debido a la enfermedad de una sobrina suya. Con muchas reservas dejó que Sid se hiciera cargo de Waltham.

Sid decidió aprovechar aquella oportunidad.

—Oye, compañero —dijo—, ¿tú crees que tus jefes se enojarían si me diera un baño en su enorme bañera? La mía está muy bien, pero la gran bañera De Cuino es la mejor.

—Bueno, no creo que en este preciso instante la necesiten —respondió Waltham—. Y si yo traigo mis barcos y tú pones los tuyos podríamos jugar a los naufragios.

—Pues yo he estado en algunos —repuso Sid— y, aunque no me lo creas, no son muy divertidos, camarada. ¿Por qué no mejor subes a mi cuarto y traes la pelota azul, la grande? Jugaremos a que estábamos en la playa.

Cuando la bañera acabó de llenarse, Waltham y Sid se instalaron contentos en ambos extremos. Comenzaron a lanzar la pelota con gran escándalo.

—*¡Guau!* ¡Qué divertido! —gritaba Waltham mientras la pelota iba y venía.

—*¡Miau! ¡Miau!* —respondió una vocecilla quejumbrosa.

Sid soltó la pelota y alzó la cabeza por encima de la bañera. También Waltham se asomó por el borde.

Ahí, sentada sobre el cesto de la ropa, había una gatita blanca muy muy flaca. Se le veían las costillas y los bigotes le colgaban tristemente.

Sid apoyó una aleta en el borde de la bañera y sacó aún más la cabeza.

—Perdone, señorita, ¿cómo llegó hasta aquí?

—Seño —respondió ella mirando a Sid a los ojos y comenzó a menear la cola.

—Oh, perdone, Seño —dijo Sid—. ¿Cómo llegó usted aquí?

—Hay una ventana rota en el sótano —respondió ella.

—Ah, sí —dijo Sid—. La conozco bien.

—¡Ey! —exclamó Waltham—. ¡Creo que ya voy entendiendo cierta cosita!

—Y… y… —dijo la gatita con un escalofrío— está húmedo y helado y tengo mucha hambre.

—¡Al abordaje! —gritó Sid levantándose de la bañera—. Veremos qué podemos hacer. Nadie debe estar hambriento.

—Yo echaré una mano —añadió Waltham comenzando a secarse.

—Acompáñenos a la cocina, Seño —dijo Sid.

La gatita blanca saltó del cesto y lo siguió temblando por la escalera. Estaba tan debilucha...

—¿Qué tal un trozo de bacalao y un poco de leche para empezar? —preguntó Sid cuando llegaron a la cocina.

—Le estaría muy agradecida —respondió la gatita corriendo al refrigerador—. Y además está mi familia —añadió sin dejar pausa.

—¡Su familia! —gritó Sid—. ¿Ha traído usted a su familia?

—Sí —dijo la gatita blanca—. La tengo escondida en el sótano. Tiene mucha hambre.

—Bueno —replicó Sid—, pues hay que poner pronto remedio a tal situación. Haga el favor de presentarme a su familia, Seño.

—Por aquí —susurró la gatita deslizándose por la puerta que llevaba al sótano.

Sid bajó la escalera a trompicones tras ella y Waltham los siguió. Al llegar al fondo la gatita empezó a maullar suavemente. En un santiamén se vieron rodeados por seis gatitos que maullaban todos a una. Estaban tan flacos como su madre. Algunos tenían problemas para caminar.

—Mami —gritó un gatito pinto más audaz que los demás—, ¿quién es ese amigo tuyo de grandes bigotes? ¿Es papá?

—Silencio —repuso ella—. Es una foca, y nos ha prometido algo de pescado.

—¡Diablos! —exclamó Sid observando que los gatitos estaban francamente en los huesos—. ¡Es terrible!

Sid se agachó, alzó en sus aletas a dos de los gatitos más débiles y se dirigió a la escalera.

—Síganme, gatitos —ordenó subiendo a tumbos la escalera. Los gatitos y su mamá lo siguieron.

Mientras se desarrollaba la escena en el sótano, Waltham había permanecido inmóvil, con los ojos muy abiertos. No sabía qué hacer; todo lo que escuchaba y veía era nuevo para él.

Luego, cuando los gatitos se fueron detrás de Sid, se percató de que el gatito pinto se había resbalado en el primer escalón y había caído al suelo. Waltham se acercó a él apresuradamente y lo levantó en brazos.

—No tengas miedo —le dijo acariciándolo—. Tenemos muchísimo bacalao.

Caminando muy lentamente y con cuidado, Waltham llevó al gatito escaleras arriba. En la cocina, Sid había dispuesto ya siete platos de leche.

—¿Puedo hacerlo yo? —preguntó Waltham y quitándole a Sid el bote de leche llenó cada plato cuidadosamente. Sid le dio a Seño un buen trozo de bacalao y preparó otros más chicos para sus gatitos. Cuando cada uno de ellos dio cuenta de su ración, la gatita blanca se acercó a Sid y le dijo:

—Le estoy muy agradecida, especialmente por los pequeños.

El gatito pinto se acercó a Waltham y restregó su cabeza contra su pierna. Waltham bajó la vista y sonrió.

—Bueno —dijo Sid—, puede usted estar segura de que hemos disfrutado ayudándola. Pero díganos, Seño, ¿cómo fue que usted y los suyos acabaron naufragando de este modo?

—Es una historia muy simple —respondió la gatita blanca—. Una historia de incendios y salir volando.

Todos se sentaron alrededor de ella para escuchar la historia que así comenzaba a contar. Los pequeños se acurrucaron a su lado, excepto el gatito pinto, que gateó hasta el regazo de Waltham, donde comenzó a ronronear con fuerza.

Esto es lo que Seño les contó:

" Yo vivía con mis cachorros —eran más pequeños entonces— en la Bodega Cantón, que estaba en la ribera. Era un edificio bien cuidado y ahí vivíamos felices cazando ratones y mirando cómo salía el sol en el mar. Un lugar espléndido para criar hijos, sobre todo porque tenía muchísimos alféizares calientitos donde echarse.

"Pero un aciago día los dueños le vendieron el edificio a un cochino asqueroso llamado Matraca de Jaspe, que inmediatamente lo abandonó al olvido. El edificio comenzó a dejar de ser calientito, y Matraca de Jaspe no estaba dispuesto a hacerle reparación alguna. Entonces comenzó a haber goteras en el techo y los inquilinos, enfadados, se mudaron en tropel.

"Finalmente, decidí armarme de valor y exponer mis quejas personalmente al dueño. Matraca de Jaspe era muy grosero. Me dijo que no le importaba que el edificio se cayera a pedazos y que si no me gustaba su estado podía mudarme a otra parte.

"Las palabras con que se despidió de mí tenían la aviesa intención de herir mis sentimientos. Se volvió hacia mí con desprecio y dijo: 'Por mí no se preocupe, querida; yo puedo poner ratoneras'."

—¿Se imaginan? —dijo la gatita blanca volviendo sus ojos bien abiertos hacia Sid.

—¡Caray! —exclamó Sid—. De veras que sabe cómo ser grosero.

—A lo mejor no quiso ofenderla —intervino Waltham.

—Ah, claro que quiso —dijo la gatita—. Dos días después todo desapareció en medio del humo.

—¡No me diga! —dijo Sid.

—Nunca oí nada igual —repuso Waltham.

—Estoy segura de que lo hicieron a propósito. No fue ninguna coincidencia. Probablemente Matraca de Jaspe quería cobrar el seguro.

—Suerte que usted y sus gatitos lograron escapar —dijo Sid dando pie a que ella continuara su relato:

"Afortunadamente yo estaba echada en un alféizar mirando la luna llena cuando vi que dos cerdos se acercaban al edificio. Comenzaron a echar algo de unos botes que traían. Me bastó oler el aire para saber que era querosén. Sin darle más vueltas reuní a mis cachorros y los saqué al frío por una escalera de servicio.

"Al mirar hacia atrás pude ver que el edificio comenzaba a arder y que los dos cerdos se perdían corriendo entre las sombras. Nos refugiamos bajo una lancha de remos que estaba volteada en la playa y miramos cómo el edificio se convertía en ceniza. Los bomberos no pudieron hacer nada.

"Desde entonces vagamos de sitio en sitio. Nadie quiere aceptar siete gatos."

—Hemos tenido que luchar mucho —concluyó la gatita suspirando hondamente y posando los ojos en sus enflaquecidos cachorritos.

—¡Qué historia más tremenda! —explotó Sid—. No deberían dejar que la gente malvada se saliera con la suya.

Sid caminaba meneándose de un lado a otro. También Waltham comenzó a andar de un lado a otro.

—Es terrible —dijo—. ¡Terrible! No puedo creer que alguien pueda hacer algo así a propósito.

La gatita blanca y Sid se miraron uno al otro y sonrieron.

—Así es la vida real, compañero —dijo Seño.

—Waltham ha llevado una vida muy protegida aquí —explicó Sid.

—Sid —dijo Waltham muy decidido—, tienes que hacer algo.

—Oye, chico —repuso Sid—, ¿por qué no planeamos algo juntos?

—¿Quieres decir que yo podría servir de algo? —preguntó Waltham.

—Ya estás en edad de pensar, ¿no? —respondió Sid—. Lo que nos hace falta es un plan de acción.

—Me gustaría ayudar —dijo Waltham con un brillo en la mirada—. Pensemos. ❖

Sid y Waltham entran en acción

❖ SID Y WALTHAM se pasaron un rato yendo y viniendo por el sótano. De cuando en cuando Sid murmuraba alguna cosa y daba un aplauso con las aletas. Waltham asentía con la cabeza y reiniciaban la marcha. Alguna vez también Waltham proponía alguna cosa; se detenían, Sid escuchaba y movía la cabeza afirmativamente.

Finalmente se detuvieron en seco y se acercaron a la gatita blanca.

—¿Sabes dónde tiene su oficina el dueño del edificio? —le preguntó Sid.

—Claro —respondió la gatita—. Estuve en ella cuando fui a exponerle mis quejas. Está en la calle India, cerca de la ribera.

—Tenemos que decirle a todo el mundo lo que pasó —dijo Waltham—. Y que todos sepan quién es ese malvado cerdo —agregó muy serio.

—De acuerdo —dijo ella sin mucha convicción. Y llevándose una pata al pecho añadió—: Pero, ¿cómo hacerlo si no soy más que una simple gatita blanca?

—Si yo puedo hacerlo, tú también puedes —replicó Waltham—. Estamos todos juntos en este asunto.

—Es fácil —señaló Sid—. Haremos pancartas, haremos un plantón frente a su oficina, armaremos un gran escándalo. La gente se dará cuenta. Además, será divertido.

—Buena idea —dijo la gatita alzando las orejas—. ¡Tal vez logremos que se haga justicia!

—Traeré crayolas y plumones —dijo Waltham lanzándose escaleras arriba—. ¡Y papel!

Una vez reunidos los materiales, Sid comenzó a hacer su pancarta. La clavó a un palo que podía mantener alzado con una de sus aletas. La pancarta decía:

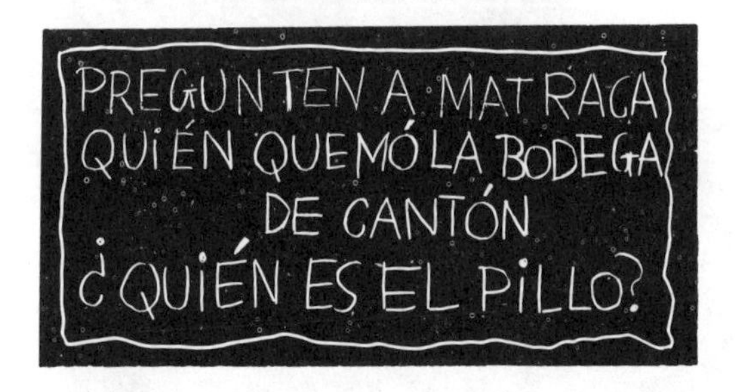

Los gatitos se congregaron alrededor de Waltham, que hacía carteles para ellos. Primero hizo uno para Seño. Decía, simplemente:

¡POBRE MAMÁ!

Luego hizo otros para los pequeños. Decían:

Finalmente, Waltham hizo un cartel para sí mismo. Era grande, de esos que llevan dos caras, en forma de sándwich. En sus dos lados decía:

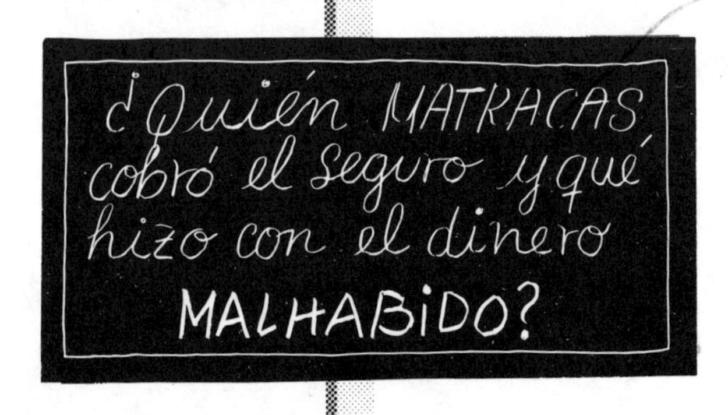

A la mañana siguiente, sin que el señor Cazo lo oyera, Sid pidió un taxi. Cuando llegó, la gatita y su familia salieron por la ventana rota del sótano y Sid y Waltham bajaron los escalones de la entrada llevando consigo las pancartas.

El chofer murmuró algo en contra de subir a tantos en un taxi, pero de todos modos los llevó hasta la calle India.

Veinte minutos después se encontraban marchando frente al edificio de granito donde Matraca de Jaspe tenía sus oficinas. La pancarta en forma de sándwich que llevaba Waltham era tan grande que casi lo ocultaba por completo. Sid alzaba bien alto su letrero y los gatos iban y venían marcando el paso muy derechitos.

—¿Creen que tendremos problemas? —preguntó Waltham, que comenzaba a estar ansioso.

—Todo saldrá bien, camarada —respondió Sid—. Al menos mientras estemos juntos.

Sid había llamado, astutamente, a un periódico y a un canal de televisión. Los reporteros de este último estaban emocionados de ver cómo una foca, un lechón ricamente vestido y una familia de gatos hacían un plantón ante las oficinas de Matraca de Jaspe. Los periodistas y camarógrafos estaban en su sitio y pronto comenzó a reunirse una multitud.

A las nueve y media apareció una larga limusina negra y de ella descendió Matraca de Jaspe, un cochino muy corpulento. LLevaba un abrigo de pieles y un bastón negro.

Inmediatamente comenzaron los flashazos y Matraca de Jaspe comenzó a rugir.

—¡Saquen inmediatamente de aquí a estos estúpidos gatos!—vociferó mientras miraba a los gatos con sus pancartas.

Pero los reporteros ya lo estaban bombardeando a preguntas —preguntas muy comprometedoras, por cierto. Matraca de Jaspe se puso muy colorado.

—No voy a responder ninguna de sus preguntas —dijo con voz temblorosa—. No tengo nada que ocultar —añadió hundiendo la cabeza en los hombros ante la zumbante cámara de televisión.

—¿Quién quemó la bodega de Cantón, Matraca? —ladró Sid agitando su pancarta frente a la misma cámara.

—¿De dónde saliste tú? —gritó Matraca—. Haré que te manden de vuelta al zoológico, metiche bigotón.

Sid le hizo una trompetilla y el gatito pinto arqueó el lomo, escupió y lanzó un largo *"Fzzzzz"*.

—¡Cuidadito, nariz de goma! —rechinó Matraca—. ¡Cuidado, que te quemo el estanque!

Y de repente le dio un bastonazo a Sid y pateó al gatito pinto.

—¡Chinche! —aulló Waltham, al que se le había encendido la cara vivamente—. ¡Es usted una chinche odiosa! —gritaba una y otra vez.

También la multitud se indignó a voz en cuello.

—¡Animal! —le gritó una cerdita que llevaba un gran sombrero de flores y de repente se puso a aporrearlo con su paraguas.

Otros espectadores se lanzaron hacia Matraca y comenzaron a jalarlo del abrigo de pieles.

—Asqueroso triquitraque, buscapiés —gritó un chofer de camión que jaló a Matraca del cuello de la camisa. Y al suelo fue a dar éste con un bramido.

Dos policías se acercaron a toda velocidad, rescataron a Matraca de la multitud y lo metieron en su limusina, que se alejó rápidamente rechinando llantas.

Waltham se agachó a consolar al gatito pinto mientras un periodista se acercaba a hablar con Sid.

—Soy reportero de la cadena TV-BVBV —dijo a modo de presentación—. Lo que acabo de ver esta mañana me dice que sería bueno investigar toda la historia.

Luego, clavando los ojos en la gatita blanca, añadió:

—¿Podría usted pasar por mi oficina mañana?

—Por supuesto —respondió ella—. Tengo mucho qué contar. Es una historia muy negra —añadió—, negra y funesta.

La cerdita del paraguas surtidor se acercó a la gatita blanca con suaves palabras:

—Querida —dijo—, quisiera ofrecerte a ti y a tu familia una casa. Yo vivo sola en una casa más bien vacía y me hace feliz la sola idea de tener junto a mí, frente al fuego de la chimenea, una familia tan bonita.

—Es usted muy amable —dijo la gatita mirándola desde abajo—. ¿Tiene usted, por casualidad, un alféizar calientito?

—Sí, querida. Puedo ofrecerles muchos alféizares calientitos y muchos platos de leche.

—¡Platos de leche! —gritaron los cachorros al unísono—. Sí, di que sí, mami.

—Le quedaríamos muy agradecidos —dijo la gatita, bajando modestamente la mirada.

—En ese caso, ¿por qué no vienen conmigo a casa ahora mismo? —dijo la cerdita—. Estoy segura de que hallará almohadas suficientes para todos.

Sid se sintió muy aliviado con esto, pero Waltham estaba cabizbajo. Sabía que su madre nunca aceptaría siete gatos en su casa, pero se había encariñado con el gatito pinto.

—Bueno —dijo después de meditarlo un momento—, le preguntaré a mi madre si el gatito pinto puede venir a visitarme de vez en cuando.

Y así, después de muchos suspiros de una parte y otros tantos suspiros de la otra, Seño y su familia se despidieron. Sid y Waltham prometieron ir pronto a visitarlos a su nueva casa.

Los dos se quedaron inmóviles mirando cómo la familia se alejaba por la calle. La cerdita, sujetando el paraguas con firmeza, iba a la cabeza de una fila de siete gatos, todos con la cola muy parada.

—Bien está lo que bien acaba —dijo Sid arrojando su pancarta a un bote de basura.

—Y un lechón aprende lo que significa la unión —agregó Waltham arrojando también su pancarta a la basura.

—Vayámonos a casa, marinero —dijo Sid pasándole una aleta por el hombro.

Mientras se alejaban por la calle, Sid comenzó a cantar una jovial balada marinera, a la que Waltham se unía en los coros:

Jalemos todos juntos, compañeros,
Jalemos todos juntos, compañeros,
Jalemos todos juntos, compañeros,
Y todos llegaremos al hogar. ❖

Sid enseña el bronce

❖ DURANTE la primera semana de la primavera había gran actividad en la casa de los Cuino. Se pulían los objetos de bronce, se lavaban las ventanas, se enceraban y abrillantaban los pisos de parquet. De hecho, toda la casa olía a cera y a franco jabón.

Pero lo que más brillaba, con un piso de veras reluciente, era el salón de baile de los Cuino. O, mejor dicho, "el pabellón", como llamaba la familia al ala que el bisabuelo de Livingston había añadido a la parte posterior de la casa durante el siglo pasado para ahí presentar en sociedad a sus hijas. En ese preciso lugar los Cuino ofrecían una velada de valses cada primavera.

Waltham estaba muy emocionado con el baile porque en esta ocasión le habían prometido que podría quedarse y ver cómo bailaba la gente. Todo el tiempo le preguntaba a Nana Chancha cuántos días faltaban para la fiesta.

En la tarde del sábado señalado, los invitados comenzaron a llegar con todas sus galas y se fueron juntando en el pabellón.

Los Cuino habían contratado una gran cantidad de meseros que ahora se afanaban por aquí y por allá sirviendo ponche y galletitas. Sid estaba encargado de ellos y los mantenía en movimiento con su enérgico entusiasmo.

Al fondo del salón de baile había una tarima donde se habían colocado las sillas y los atriles de la orquesta.

—No hay baile sin orquesta —respondió Livingston a un invitado que preguntaba (como siempre) por el costo de todo aquello.

El salón se llenaba de señoras vestidas de largo y de señores vestidos de negro. Las altas puertaventanas se abrían de par en par al jardín, pues la tarde estaba sorprendentemente tibia para ser principios de primavera.

Livingston miró su reloj y preguntó en voz alta:

—Y, por cierto, ¿dónde está la orquesta?

En ese preciso instante Drusila entró apresuradamente.

—La orquesta no ha llegado —dijo señalando el sitio donde debieran estar los músicos.

Empalideciendo de pronto, Livingston se precipitó al teléfono.

Sid, que iba y venía sin parar con su alegre corbata de moño blanca, se detuvo en seco cuando escuchó la temblorosa voz de Livingston:

—¡Brockton, Massachusetts! —gritó Livingston—. ¡Pero si nosotros estamos en *Boston*, Massachusetts!

Sid escuchó cómo, detrás de él, Drusila lanzaba un gritito agudo y se dio la vuelta justo a tiempo para ver cómo se hundía, desvanecida, en el brazo de un sillón. Sid se acercó a ella a toda prisa y comenzó a abanicarle el empalidecido rostro con una aleta.

—¿Qué vamos a hacer sin música en vivo? —chilló Livingston, que había soltado el teléfono con incredulidad.

—¡Increíble incompetencia! —espetó Drusila, que había abierto los ojos.

—¿Esto quiere decir que no habrá baile? —preguntó Waltham con voz quebrada. Miró a su pálida madre, a su tembloroso padre y luego a Sid, que seguía abanicando a Drusila.

—No te apures, chico —dijo Sid dándole una palmada a Waltham—. Yo sé cómo hacer que tengamos música en vivo. Ven conmigo.

Se dirigió meneando las caderas hacia dos de los meseros contratados y les pidió que lo siguieran por la escalera hasta su cuarto. Un poco después volvieron a aparecer en la escalera —los dos meseros, Sid y Waltham—, cargando entre todos el enorme baúl de Sid.

Sid les indicó que habrían de llevarlo al salón de baile y colocarlo sobre la tarima de la orquesta. Una vez allí, abrió el baúl y empezó a sacar trompetas de distintos tamaños. Ocho en total. Siguiendo las órdenes de Sid, Waltham le ayudó a colocarlas sobre ocho trípodes.

—Estas cornetas pertenecieron a mi bisabuelo —le dijo Sid a Waltham, que se había afanado con gran curiosidad.

—¿Puedes tocar valses con estas cornetas? —preguntó Livingston con voz mucho más animada.

—Claro, marinero —respondió Sid—. Me sé un chorro de ballena de valses, incluidos muchos de Strauss.

—Sid nos va a tocar unos valses, mamá —dijo Waltham al ver acercarse a su madre a toda prisa.

—Oh, Sidney, —suspiró Drusila— ¿de veras vas a tocar música en vivo?

—Puede apostar su mejor ancla —respondió Sid alegremente—. Sólo que necesito algo para entrar en calor...

Sus palabras fueron desvaneciéndose poco a poco hasta desaparecer.

—¡Ponche! ¡Ponche! —le gritó Drusila a un mesero que llevaba una bandeja de rebosantes vasos—. ¡Déle un poco de ponche a nuestro músico!

Sid vació su vaso bastante aprisa, chasqueó los labios, lanzó un ronquido por la nariz y se colocó tras las cornetas.

—Muy bien, muchachos —anunció aplaudiendo con las aletas—. Prepárense para el primer vals.

Los invitados se quedaron mirándolo con sorpresa. Se miraban indecisos unos a otros.

Waltham se acercó a su madre:

—¿Me concede esta pieza? —preguntó. Drusila, mirando que los invitados se quedaban inmóviles, sonrió graciosamente y salió a la pista de baile con su hijo.

Sid empezó a tocar la conocida melodía del Danubio azul:

ta ta
pum pum
pum ta ta
PUM PUM

Daba rápidos tumbos para pasar de una corneta a otra y tocar la melodía. Al principio los sonidos se sucedían un poco a trompicones, pero al mismo tiempo se podía escuchar el inconfundible ritmo de un vals.

ta ta
pum pum
pum ta ta
PUM PUM

Las parejas comenzaron a formarse rápidamente en la pista y pronto el salón se llenó de giros y amplias faldas desplegadas en el aire.

Cuando terminó el primer vals, Sid inició otro. Y así, a medida que entraba en calor, los sonidos se iban haciendo menos y menos entrecortados. Cuando también ese vals llegó a su fin, Sid comenzó aun otro.

Waltham daba vueltas, bailando ahora con su tía Lonja. A ella, la cabeza de Waltham le llegaba sólo a la barriga.

—¡El mago de la música! —gritó Waltham por encima de su hombro. Sid no podía hacer otra cosa que entornar los ojos como señal de agradecimiento pues tenía que seguir tocando; de otro modo no habría música.

Cuando la fiesta llegó a su fin —muchos valses más tarde—, Sid se derrumbó de agotamiento. Livingston ordenó a cuatro meseros que lo cargaran hasta su cama. Drusila, Livingston y Waltham subieron tras ellos, sonriendo. Waltham llevaba un vaso de ponche, por si acaso.

—No sabes cuánto te agradezco la función —dijo Drusila inclinándose sobre Sid. El sonrió y chasqueó los labios.

Waltham le extendió el vaso de ponche. Sid tomó un sorbo, se lo devolvió y se recostó sobre la almohada.

—Fue un baile de verdad, Señora, y yo también tuve que bailar mucho —dijo Sid lanzando un ladrido de risa focal y cerró los ojos suspirando. Waltham dejó ahí el vaso de ponche y todos salieron de puntitas. Waltham cerró suavemente la puerta a sus espaldas. ❖

El llamado del Norte

❖ LA SEMANA Santa cayó un poco tarde aquel año, así que la primavera estaba más entrada que de costumbre en Boston cuando comenzaron las vacaciones. Las matas de narcisos y narcisos trompones florecían plenamente en el jardín de los Cuino. Drusila decidió entonces invitar a un grupo de primos de Waltham a buscar huevos de pascua en el jardín.

Hacia las diez de la mañana del Lunes de Pascua el jardín se hallaba repleto de lechoncitos gritones que buscaban huevos. Pululaban como hormigas por todas partes: bajo los arbustos, sobre los árboles, detrás de las estatuas.

Una hora después, cuando habían hallado ya casi todos los huevos, los lechoncitos comenzaron de repente a gritar más fuerte. Un gran conejo negro había aparecido en la puerta trasera del jardín.

Era Sid, enfundado en un traje de conejo. Comenzó a repartir huevos de chocolate decorados.

—Tomen unos huevos de conejo —dijo jovialmente.

Waltham se acercó a mirarlo de cerca.

—Hola, Sid —dijo—. Cuando termines, ¿te gustaría jugar con nosotros al lobo feroz? Tú puedes comenzar.

—Claro, campeón —dijo Sid riéndose—. Pero más vale que se pongan bien alerta.

Los lechoncitos corrieron junto a Sid mientras éste repartía los huevos. Cuando la cesta quedó vacía, se sentaron todos alrededor a comérselos golosamente.

—Te guardé un huevo extra —le susurró Sid a Waltham. Y de pronto se quedó inmovil, mirando hacia arriba. El aire había refrescado y unas cuantas nubes surcaban el cielo.

—Fuerte olor de mar —dijo entonces Sid olfateando el aire. Su nariz se movía rápidamente de un lado a otro, lo que lo hacía más parecido todavía a un conejo—. Nada como este olor salado en primavera —continuó diciendo con un suspiro—. El llamado del mar, ¿sabes?

Sid bajó la vista y miró a Waltham. Waltham asintió con la cabeza y luego, acabándose el huevo de chocolate, corrió a reunirse con sus primos.

—Vamos a jugar al lobo feroz —gritó—. Sid será el primero en serlo.

Los lechones estaban felices de tener a Sid entre ellos y armaban una gran bulla, a la que se unían los ladridos de Sid. Pero el más gritón y el más rápido era siempre Waltham.

—¡Mírame, papá! —gritó con energía cuando Livingston salió a la terraza.

Nana Chancha apareció detrás de su señor y en voz alta anunció que había refrescos para todos en el comedor. Miró con suspicacia el encendido rostro de Waltham mientras éste se lanzaba a la mesa con sus primos.

Cuando los lechoncitos dieron buena cuenta de los roles de canela y los litros de chocolate se vieron muy mermados, comenzaron a llegar papás y mamás a recoger a sus hijos.

Waltham salió a la puerta con sus padres para decir adiós a sus primos.

—Hasta mañana —les dijo a dos de ellos, que vendrían al día siguiente a jugar una cascarita en la Explanada—. ¡Tengo una pelota nueva! —terminó gritando.

Justo cuando los invitados bajaban por los escalones de la entrada, sonó el teléfono y una sirvienta vino a llamar a Sid. Le dijo que el capitán Vierrha quería hablar con él. Drusila y Livingston se miraron uno al otro tratando de imaginar en qué cosa andaría metido Sid.

Cuando volvió, Sid no dijo nada.

—Qué bonito vestido, Nana Chancha —dijo más tarde, al cruzarse con ella en el recibidor—. De verdad le sienta bien —añadió.

—¡Si será...! —respondió Nana Chancha, pero había un dejo de calidez en sus palabras, y también algo de sorpresa.

A la hora de acostarse, Sid fue en busca de Waltham y le leyó muchos cuentos. Waltham sorprendió a Sid cuando se ofreció a leerle la historia de unos alegres marineros que viajan en un navío. Sid se recostó en la almohada de Waltham,

gozando cada una de las palabras de la vívida historia marinera.

Al día siguiente, Waltham se despertó con el primer rayo de luz, como de costumbre. Se enderezó en la cama y comenzó a leer su libro favorito de aquel momento, *Cerdos en el mar*. Había leído apenas unas páginas cuando se abrió la puerta de su habitación y Sid asomó por ella la cabeza.

—Te despertaste temprano, camarada —dijo.

—¡Sid! —respondió Waltham— ¿Qué hay?

—Vine a decir adiós —dijo Sid—. Me voy al Norte.

—¿O sea que nos dejas? —preguntó Waltham. Se le habían puesto enormes los ojos—. Pero, ¿por qué?

—Bueno, ya sé que es una noticia precipitada, pero acabo de decidirlo. Cada primavera el mar tiende su llamado a este viejo marinero y el capitán Vierrha se ha ofrecido a llevarme al Norte hoy, cuando zarpe para Grand Banks. Así no tendré que nadar por esas aguas lozanamente heladas.

—Pero yo te voy a extrañar mucho —dijo Waltham en tono seductor.

—También yo te voy a extrañar, campeón, pero, ¿sabes una cosa?, tú y yo somos camaradas de a bordo, como los dos lados de un nudo cuadrado. Adondequiera que vayamos, nada puede deshacer ese nudo.

Waltham parecía muy triste.

—¡Ey! —dijo Sid—. Se me olvidaba decirte: te dejo las cornetas, para que no dejes que las cosas pierdan su alegría.

—¡Para mí! —gritó Waltham. Rápidamente sonrió, pero con la misma rapidez volvió a ponerse triste y preguntó—: ¿Qué voy a hacer sin ti?

—Cuando te vi por primera vez supe que ibas por buen camino —dijo Sid—. Y sigues llevando buen curso, camarada, al mando de tu propio timón.

Sid extendió sus dos aletas hacia el frente y le dio a Waltham un sentido abrazo marinero. Waltham, riendo, lo abrazó también.

—Entrega esta nota a tus papás mientras desayunan —dijo Sid y, guiñando un ojo, con un alegre giro se echó sobre la espalda un reluciente saco de lona y se marchó.

Waltham entregó obedientemente la nota a su padre durante el desayuno y se quedó mirándolo solemnemente mientras éste leía.

Queridos señor y señora De Cuino:

Lamento irme con tanta prisa pero las mareas no esperan ni a los cerdos ni a las focas y yo me dirijo al Norte. Le he dejado a Wally mis cornetas.

Saluditos

S. Foca

Las urgentes preguntas que hizo Livingston al guardacostas y a muchos de los capitanes pescadores de Gloucester no tuvieron resultado alguno. Sid se había marchado y nadie sabía a dónde. El hogar de los Cuino se vio envuelto en la melancolía: las sirvientas se peleaban y Drusila y Livingston se trataban con aspereza uno al otro.

El pobre Waltham extrañaba a su amigo más que nadie. Pero cuando más triste se ponía, recordaba lo que Sid le había dicho y se lo repetía a sí mismo. "Me dijo que iba por buen camino ¡y me llamó camarada de a bordo!"

Waltham sonreía entonces y enderezaba los hombros, porque le gustaba sobre todo aquello de ser llamado camarada de a bordo. Sin embargo, pasó todavía un tiempo antes de que se animara a abrir el baúl de Sid.

Finalmente, el primer día de mayo, un día en que se dejaron abiertas las ventanas y entraban a la casa las fragancias del jardín, Waltham intentó tocar las cornetas. No atinó mucho con las notas y se quedó sin aliento de tanto ir y venir de unas a otras, pero también comenzó a reírse.

Sus padres contrataron un maestro y pronto Waltham estaba ya tocando la melodía de algunos valses muy sencillos. Esto hizo sonreír de nuevo a los miembros de la casa (aun cuando había notas mal tocadas) y de vez en cuando alguien se soltaba a dar un par de vueltecitas.

Pero seguían extrañando a Sid. No pasaba un día sin que alguien contara alguna graciosa historia sobre él. Waltham siempre estaba dispuesto a escuchar lo que contaban los otros y a contar él mismo sus historias. Pero toda la casa se sorprendió con alegría cuando Wally confesó sus intenciones.

—Cuando sea grande —le dijo Waltham a su padre una mañana—, me dejaré crecer los bigotes, me iré al mar y aprenderé a darle vueltas a una bandeja sobre la nariz.

Los ojos de Livingston bailaron alegremente durante un momento y luego, viéndose incapaz de contenerse, echó la cabeza hacia atrás y rompió a reír alegremente.

—Y bien, ¿qué tenemos aquí? —preguntó finalmente, cuando recuperó el aliento—. ¡Un pequeñín De Cuino que quiere ser marinero!

Cuando se dio cuenta de la expresión que tenía Waltham, Livingston se inclinó hacia él y lo rodeó con los brazos.

—Claro —dijo con voz suave—, claro que siempre podrías hacer cosas peores, mucho peores querido Wally, que parecerte a Sid.

—Papá —dijo de pronto Waltham—, ¿quieres oírme tocar las cornetas?

—Con todo gusto —respondió Livingston inmediatamente.

Waltham alzó la vista y le sonrió a su padre mientras subían juntos por la curva de la escalera.

Unos segundos después flotaba en la casa de los Cuino el dulce sonido de las trompetas, que comenzó a salir por las ventanas abiertas y a rebotar como eco en las paredes y chimeneas de Monte Tocino. ❖

Índice

Este libro se terminó de imprimir y encuadernar en el mes de febrero de 1996 en Impresora y Encuadernadora Progreso, S. A. de C. V. (IEPSA), Calz. de San Lorenzo, 244; 09830 México, D. F.Se tiraron 5 000 ejemplares.